Anatole Poiteau

Des lésions de portion cervicale du grand sympathique

Thèse pour le doctorat en médecine présentée et soutenue le 6 janvier 1869

Antigonos

Anatole Poiteau

Des lésions de portion cervicale du grand sympathique

Thèse pour le doctorat en médecine présentée et soutenue le 6 janvier 1869

Réimpression inchangée de l'édition originale de 1869.

1ère édition 2024 | ISBN: 978-3-38666-088-4

Antigonos Verlag est une marque de Outlook Verlagsgesellschaft mbH.

Verlag (Éditeur): Outlook Verlag GmbH, Zeilweg 44, 60439 Frankfurt, Deutschland
Vertretungsberechtigt (Représentant autorisé): E. Roepke, Zeilweg 44, 60439 Frankfurt, Deutschland
Druck (Imprimerie): Libri Plureos GmbH, Friedensallee 273, 22763 Hamburg, Deutschland

FACULTÉ DE MÉDECINE DE PARIS

THÈSE

POUR

LE DOCTORAT EN MÉDECINE

Présentée et soutenue le 6 janvier 1869,

Par Anatole POITEAU

Né à Bienvillers (Pas-de-Calais).

DES LÉSIONS

DE LA PORTION CERVICALE

DU

GRAND SYMPATHIQUE

Le Candidat répondra aux questions qui lui seront faites sur les diverses parties de l'enseignement médical.

PARIS

A. PARENT, IMPRIMEUR DE LA FACULTÉ DE MÉDECINE

31, RUE MONSIEUR-LE-PRINCE, 31

1869

FACULTÉ DE MÉDECINE DE PARIS.

Doyen, M. WURTZ.

Professeurs. MM.

Anatomie.	SAPPEY.
Physiologie.	LONGET.
Physique médicale.	GAVARRET.
Chimie organique e' chimie minérale.	WURTZ.
Histoire naturelle médicale.	BAILLON.
Pathologie et thérapeutique générales.	LASÈGUE.
Pathologie médicale.	AXENFELD. HARDY.
Pathologie chirurgicale.	VERNEUIL. DOLBEAU.
Anatomie pathologique.	VULPIAN.
Histologie.	ROBIN.
Opérations et appareils.	DENONVILLIERS.
Pharmacologie.	REGNAULD.
Thérapeutique et matière médicale.	GUBLER.
Hygiène.	BOUCHARDAT.
Médecine légale.	TARDIEU.
Accouchements, maladies des femmes en couche et des enfants nouveau-nés	PAJOT.
Clinique médicale.	BOUILLAUD. GRISOLLE. SÉE (G.). BÉHIER.
Clinique chirurgicale.	LAUGIER. GOSSELIN. BROCA. RICHET.
Clinique d'accouchements.	DEPAUL.

Doyen honoraire, M. le Baron Paul DUBOIS.

Professeurs honoraires :

MM. ANDRAL, le baron Jules CLOQUET, CRUVEILHIER, DUMAS et NÉLATON.

Agrégés en exercice.

MM.	MM.	MM.	MM.
BAILLY.	DESPLATS.	JACCOUD.	PAUL.
BALL.	DUPLAY.	JOULIN.	PETER.
BLACHEZ.	FOURNIER.	LABBÉ (Léon).	POLAILLON.
BUCQUOY.	GRIMAUX.	LEFORT.	PROUST.
CRUVEILHIER.	GUYON.	LUTZ.	RAYNAUD.
DE SEYNES.	ISAMBERT.	PANAS.	TILLAUX.

Agrégés libres chargés de cours complémentaires.

Cours clinique des maladies de la peau.	MM. *N*....
— des maladies des enfants.	ROGER.
— des maladies mentales et nerveuses.	*N*.......
— de l'ophthalmologie.	*N*......

Examinateurs de la thèse.

MM. VERNEUIL, *président ;* LAUGIER, LEFORT, FOURNIER.

M. FORGET, *Secrétaire.*

A MON PÈRE

A MA MÈRE

A MON FRÈRE

A MA GRAND-MÈRE

A MES PARENTS

A MES AMIS

A MM. LES PROFESSEURS DE L'ECOLE DE MEDECINE

D'ARRAS.

MES PREMIERS MAÎTRES

A M. TILLAUX

PROFESSEUR AGRÉGÉ A LA FACULTÉ DE MÉDECINE DE PARIS,

CHIRURGIEN A L'HÔPITAL SAINT-ANTOINE.

A M. DÉSORMEAUX

CHIRURGIEN DE L'HÔPITAL NECKER.

A M. HÉRARD

PROFESSEUR AGRÉGÉ A LA FACULTÉ DE MÉDECINE DE PARIS.

MÉDECIN DE L'HÔTEL-DIEU.

A M. VERNEUIL

PROFESSEUR DE PATHOLOGIE CHIRURGICALE,

CHIRURGIEN DE L'HÔPITAL LARIBOISIÈRE.

Recevez, cher maître, le témoignage public de ma sincère reconnaissance.

DES LÉSIONS

DE LA PORTION CERVICALE

DU

GRAND SYMPATHIQUE

INTRODUCTION

Il résulte des expériences de M. Claude Bernard sur la portion cervicale du grand sympathique, expériences qui vinrent confirmer et compléter les découvertes déjà faites sur ce sujet, et qui remontent à Pourfour du Petit, en 1727, que, chez les animaux, les effets de la section de la portion cervicale du grand sympathique, exactement limités au côté correspondant, sont :

1° Le rétrécissement de la pupille et la rougeur de la conjonctive.

2° L'aplatissement de la cornée, la rétraction du globe oculaire dans le fond de l'orbite et la saillie de la troisième paupière (membrane clignotante).

3° Le resserrement de l'ouverture palpébrale et le rétrécissement plus ou moins marqué de la narine et de la bouche du côté correspondant.

4° L'augmentation constante et considérable de la température, toujours accompagnée d'une plus grande vascularisation dans les parties correspondantes à la distribution du nerf.

5° L'exagération de la sensibilité et la production de sueurs profuses bornées au côté lésé.

D'un autre côté, il a été démontré que :

Par la galvanisation du bout céphalique du grand sympathique, non-seulement on fait disparaître tous les phénomènes ci-dessus indiqués, mais encore on produit des effets inverses, c'est-à-dire la dilatation de la pupille et le refroidissement rapide des parties, du côté correspondant à l'excitation.

L'importance de ces résultats physiologiques des travaux de M. Claude Bernard et de ses prédécesseurs n'est contestée de personne ; mais ces découvertes si belles sont-elles applicables à la pratique ? la pathologie pourrait-elle en retirer quelque profit ? Nous ne craignons plus de l'affirmer, et c'est ce que nous allons essayer de mettre en lumière dans le cours de notre dissertation.

Après avoir rappelé en peu de mots les travaux des auteurs à qui nous devons les connaissances actuelles sur la physiologie du filet cervical du grand sympathique, nous rapporterons une série d'observations dans lesquelles nous chercherons à faire ressortir les ressemblances qui existent entre les symptômes observés et les résultats des expériences que nous venons de mentionner.

Les signes indiquant un trouble quelconque apporté dans les fonctions du grand sympathique nous ont paru se rapporter à trois ordres de lésions. Nous traiterons donc :

1° Des lésions du grand sympathique déterminant l'abolition plus ou moins complète des fonctions du nerf; c'est dans ce sens qu'agissent : la dilacération accidentelle du tronc nerveux, et la compression forte produite, soit par un anévrysme, soit par une tumeur cancéreuse ou d'autre nature.

2° Des lésions déterminant l'exaltation des fonctions du nerf; nous comprenons dans cette catégorie la compression légère, quelle que soit sa cause, ou l'irritation directe du nerf sympathique.

3° Des lésions compliquées : nous ferons dans ce chapitre quelques réflexions sur la ligature de la carotide, dans laquelle nous voyons une lésion du grand sympathique compliquée de la lésion de l'artère et parfois aussi des troncs nerveux voisins.

Nous nous sommes décidés à traiter ce sujet pour rassembler les observations que l'on trouve éparses dans la science ; nous en ajouterons d'autres, encore inédites, qui viennent confirmer les faits observés précédemment, et qui y ajoutent même quelques connaissances nouvelles.

Nous saisissons cette occasion de témoigner notre reconnaissance à notre excellent maître, M. le professeur Verneuil, qui nous a fait entrevoir cette petite lacune de la science, et nous a guidé de ses conseils dans l'exécution de ce travail. Puissions-nous ne pas être trop au-dessous de la tâche que nous nous sommes imposée.

***

Physiologie.

Les premières expériences sur la portion cervicale du nerf grand sympathique remontent à Pourfour du Petit. Dans son travail, publié dans les Mémoires de l'Académie des sciences pour 1727, cet auteur soutient que la portion cervicale du grand sympathique ne naît pas dans la tête pour descendre vers le thorax, et il démontre qu'elle monte au contraire vers la tête et fournit des rameaux qui *portent des esprits dans les yeux.* Pour cela, il coupe d'un côté, chez un chien, le nerf grand sympathique au cou, et il voit les effets de la paralysie se manifester au-dessus de la section, vers les yeux, qui offrent alors un resserrement de la pupille, un affaissement de la cornée, une rougeur et une injection de la conjonctive. Il ajoute que la troisième paupière devient en même temps saillante et s'avance sur l'œil, et il signale encore l'enfoncement du globe oculaire dans l'orbite, quand les animaux vivent un certain temps. Les phénomènes, dit-il, sont les mêmes, si l'on extirpe le ganglion cervical supérieur ou l'inférieur, au lieu de sectionner comme précédemment leur filet de communication.

En 1816, Dupuy, professeur à Alfort (1), signale à peu près les mêmes phénomènes. Il parle bien, entre autres symptômes, de chaleur passagère et de sueurs survenues dans quelques parties de la face et de la nuque, chez des chevaux soumis à l'extirpation du ganglion sympathique, mais il n'y attache pas d'importance.

Brachet, en 1837 (2), John Reid, en 1838 (3), admettent à tort l'inflammation de la conjonctive, qui n'est qu'un phénomène accidentel survenant à la suite de l'affaiblissement de l'animal; ils n'ajoutent que peu de choses aux résultats déjà fournis par l'expérience fondamentale de Pourfour du Petit.

En 1846, Biffi, de Milan, ajoute ce fait expérimental nouveau que, lorsque la pupille est rétrécie par suite de la section du grand sympathique, on peut lui rendre ses dimensions normales en galvanisant le bout céphalique du nerf sympathique coupé.

Vers la même époque, Ruete, de Vienne, voyaut dans la paralysie de la troisième paire la pupille se dilater encore sous l'influence de la belladone, attribue les mouvements de l'iris à deux espèces de nerfs moteurs : le grand sympathique, qui anime les fibres musculaires radiées et produit la dilatation; le nerf moteur oculaire commun, qui anime les fibres circulaires et détermine, au contraire, la contraction de l'iris.

En 1851, MM. Budge et Waller (4) reconnaissent que le filet cervical du grand sympathique, qui porte son action sur la pupille, tire son origine d'une région de la moelle épinière désignée par eux, à cause de cela, sous le nom de région cilio-spinale de la moelle, et

---

(1) Journal méd.-chir. et pharm., p. 340.
(2) Rech. exp. sur les fonct. du syst. nerv. gangl. 1830-1837.
(3) Edinburgh Med. and surgical journal.
(4) Frerich's tagesbericht, 1852.

comprise entre la dernière vertèbre cervicale et la sixième vertèbre dorsale inclusivement.

Jusqu'à cette époque, ce fut le rétrécissement de la pupille, signalé par Pourfour du Petit, qui attira spécialement l'attention des expérimentateurs. C'est alors que M. Claude Bernard lit à l'Académie des sciences, le 29 mars 1852, une note dans laquelle il signale un phénomène sur lequel il insiste, phénomène qui avait dû se produire dans les expériences faites antérieurement, mais qui avait passé presque inaperçu : c'est l'augmentation de la température avec congestion sanguine et hyperesthésie de tout le côté de la tête correspondant à la section. En même temps il notait quelques autres particularités, telles que les rétrécissements de la narine et de la bouche du même côté, et un fait à peine entrevu par Dupuy d'Alfort : la production, chez les chevaux, de sueurs profuses bornées à un seul côté de la tête et de l'encolure.

A la même époque, M. Brown-Séquard, en Amérique, démontrait qu'on peut faire disparaître instantanément les phénomènes observés par M. Claude Bernard, par l'excitation galvanique du bout céphalique du grand sympathique sectionné, et en outre que, par la continuation de l'action galvanique, on produit des effets inverses, tels que la dilatation de la pupille et le refroidissement rapide des parties. Les deux savants physiologistes cherchaient alors, chacun de son côté, à expliquer les résultats de leurs expériences, et ils déclaraient que le grand sympathique préside aux mouvements des fibres musculaires des capillaires; ils venaient de découvrir les nerfs vaso-moteurs que Henle et Stilling avaient soupçonnés.

HISTORIQUE.

Avant 1852, les notions physiologiques qu'on possédait sur la portion cervicale du grand sympathique étaient tout à fait insuffisantes ; il est tout naturel qu'on n'ait pas su observer les effets de ses lésions, et que jusqu'alors il n'en soit nullement question dans la science. Willebrand (1), professeur suédois, publia le premier, en 1853, une observation mettant en lumière la compression du grand sympathique (voyez obs. V) par un engorgement ganglionnaire du cou. En 1855 (2), Gairdner publie plusieurs observations d'anévrysmes thoraciques s'accompagnant de contraction de la pupille et d'autres signes de compression du grand sympathique.

En 1858, M. Ogle (3) présente à la Société royale médico-chirurgicale de Londres un mémoire dans lequel il rapporte un grand nombre de cas de compression du grand sympathique: les uns qu'il a observés lui-même, d'autres recueillis dans les journaux anglais, ou communiqués par d'autres chirurgiens, ses amis. Le premier, il signale la dilatation de la pupille comme signe de compression légère du grand sympathique; mais plusieurs de ses observations sont peu concluantes; ajoutons qu'il n'a guère observé d'autres symptômes que les modifications dans les dimensions de la pupille.

Tous ces faits étaient inconnus en France quand M. Panas, en 1863, eut la bonne fortune de rencontrer un cas de tumeur cancéreuse du cou reproduisant admirablement, par la compression qu'elle exerçait sur le nerf sympathique, presque tous les symptômes observés après la section expérimentale du filet nerveux. Il en fit le sujet d'un mémoire qu'il présenta à la Société de chirurgie en 1864 (4), mémoire dans lequel il rapportait les autres observations alors connues de lésion du sympathique.

En même temps, MM. Mitchell, Morehouse et Keen publiaient à Philadelphie (5) une véritable expérience physiologique faite sur

---

(1) Archiv für Ophth., etc., 1853.

(2) Edinburgh Monthly journal, august. 1855, p. 143.

(3) On the influence of the cerv. port. of the sympathic nerve and spinal cord upon the eye and its appendages (Méd.-chir. transactions, 1858, vol. XLI, p. 398).

(4) Mém. de la Société de chirur., t. VI, p. 363.

(5) Gunshot wounds and other injuries of nerves. Philadelphia, 1864.

l'homme, et dont les résultats venaient confirmer ceux obtenus sur les animaux : il s'agit de ce soldat qui, pendant la guerre d'Amérique, reçut une balle qui lui traversa le cou sans causer, pour ainsi dire, d'autres dégâts que la lésion du grand sympathique.

La même année, M. Verneuil citait, devant la Société de chirurgie, une observation nouvelle (1) dans laquelle l'ablation d'une volumineuse tumeur de la région parotidienne avait été suivie des phénomènes qui accompagnent la section du grand sympathique ; et il mentionnait, chez son malade, l'existence d'un symptôme bien rarement signalé : les sueurs localisées dans la moitié de la face. En 1867 et 1868, il avait encore l'occasion d'observer deux cas, qui se trouvent relatés plus loin. Enfin le 30 novembre 1868, dans le cours de pathologie chirurgicale, notre honoré maître résumait l'état de la science sur cette question traitée pour la première fois dans cette chaire, et qu'on ne trouve mentionnée dans aucun traité de pathologie.

I

LÉSIONS DÉTERMINANT L'ABOLITION DES FONCTIONS
DU GRAND SYMPATHIQUE.

En réunissant toutes les observations que nous avons pu trouver dans la science, et quelques autres inédites, qui nous appartiennent ou nous ont été communiquées, nous avons pu rassembler dix-neuf observations de lésions du grand sympathique déterminant l'abolition de ses fonctions : ce sont elles qui serviront de base à ce que nous dirons dans ce chapitre. D'après cela on pourrait croire que les lésions du grand sympathique sont très-rares; nous pensons avec M. Panas que, si le nombre des observations de ce genre est

---

(1) Bulletins de la Société de chirurgie, 2ᵉ série, t. V, 1864, p. 167.

restreint, c'est qu'on n'a pas su les observer, faute de notions physiologiques suffisantes sur le nerf grand sympathique ; ajoutons que ces cas ne s'imposent pas aux regards, et passent très-aisément inaperçus du praticien qui n'y apporte pas une attention spéciale.

ÉTIOLOGIE. — L'abolition des fonctions de la portion céphalique du grand sympathique peut résulter de la section ou de la dilacération du cordon limitrophe de ce nerf, soit par un instrument tranchant, tel que le bistouri, dans les opérations qui intéressent les différentes régions du cou, soit par un instrument contondant, tel qu'une balle qui vient traverser cette région. Ce dernier cas s'est présenté une fois pendant la guerre d'Amérique ; on en trouvera l'observation un peu plus loin (obs. I). La section du cordon nerveux, pendant une opération, pourrait se présenter plus souvent ; c'est peut-être ce qui est arrivé dans l'observation communiquée à la Société de chirurgie par M. Verneuil (voyez obs. III) : cependant rien ne prouve que le grand sympathique ait été blessé pendant l'opération. En résumé, on le comprend aisément, ces cas sont très-rares.

Une cause infiniment plus fréquente, qui produit l'abolition plus ou moins complète des fonctions du filet cervical du grand sympathique, c'est la compression plus ou moins forte du cordon nerveux. Cette compression peut s'effectuer de différentes manières : 1° par des anévrysmes ; 2° par des tumeurs ; 3° par le tissu inodulaire qui se produit pendant la cicatrisation des plaies ; 4° enfin par des fibromes développés aux dépens des ganglions sympathiques et du tronc nerveux lui-même.

Sur les dix-neuf observations que nous avons réunies, dix fois la compression du nerf était due à des anévrysmes dont neuf de l'aorte, un du tronc brachio-céphalique et un de la carotide. Les anévrysmes seraient donc la cause la plus fréquente de compression du grand sympathique ; mais c'est aussi dans ces cas que les troubles des fonctions du nerf sont le moins prononcés ; ils sont presque toujours bornés à la contraction de la pupille.

Cinq fois sur dix-neuf, la compression était due à des tumeurs du cou : quatre cancéreuses, et une strumeuse ; c'est donc encore une cause assez fréquente. Deux fois la compression a été attribuée à la masse de tissu inodulaire qui s'est produite pendant la cicatrisation de plaies résultant ; une fois de l'ablation d'une tumeur volumineuse de la région parotidienne, une autre fois d'un abcès profond du cou. Enfin on a trouvé un fibrome du ganglion cervical supérieur du grand sympathique. Nous voyons donc que les signes de lésion du grand sympathique, entravant plus ou moins ses fonctions, peuvent être rapportés presque toujours, dix-sept fois sur dix-neuf, à la compression du nerf, et que cette compression est produite le plus souvent par des anévrysmes, puis viennent les tumeurs du cou, le plus souvent cancéreuses, enfin le tissu inodulaire.

Symptômes. — Les symptômes des lésions produisant l'abolition des fonctions du grand sympathique devraient être les mêmes que les résultats de la section de ce nerf chez les animaux (résultats consignés à la première page de cette thèse) ; mais l'altération du cordon nerveux, et par conséquent de ses fonctions, est plus ou moins complète. Il est des cas où les symptômes observés reproduisent assez exactement ce que l'on observe chez les animaux, lorsqu'on vient à couper le grand sympathique au cou ; et d'autres, les plus fréquents, dans lesquels le rétrécissement de la pupille, du côté correspondant à la lésion, est le seul symptôme qu'on puisse observer. En jetant un coup d'œil général sur nos observations, on remarque que les symptômes peuvent se répartir en deux catégories : l'un, le rétrécissement de la pupille, constant, stable, existant souvent seul, est le symptôme essentiel ; les autres, éphémères, manquant le plus souvent, peuvent être considérés comme des symptômes secondaires. On constate d'ailleurs également chez les animaux la fugacité de ces derniers symptômes; en effet, M. Claude Bernard (1) dit qu'après la section du filet sympathique chez les lapins, les phénomènes congestifs et caloriques ne sont guère évidents au delà de quinze à dix-huit jours, tandis que, chez les chiens, ils peuvent persister pendant six semaines ou deux mois; mais si, au lieu de couper le nerf, on fait l'ablation des ganglions du sympathique, la persistance de la lésion peut être considérée comme indéfinie, puisque sur un chien, à qui M. Claude Bernard avait extirpé le ganglion cervical supérieur à gauche, tous les phénomènes de caloricité et de sensibilité dus à cette extirpation étaient encore très-intenses un an et demi après l'opération, lorsque l'animal fut sacrifié pour d'autres expériences.

Nous disions que le resserrement de la pupille est le symptôme principal qui suffit à lui seul pour attester la compression ou la dilacération du filet cervical du grand sympathique (en effet, sur les 18 observations que nous avons rassemblées, 12 fois la contraction pupillaire existait seule), mais il faut pour cela que la contraction soit permanente et bornée à une seule pupille. On ne pourrait, en effet, tirer aucune déduction rigoureuse des cas dans lesquels il y aurait apparence de lésions du sympathique des deux côtés, et ou l'on observerait la contraction des deux pupilles. Aussi, nous ne jugeons pas assez concluantes pour les rapporter ici les observations de fractures des dernières vertèbres cervicales, relatées dans le mémoire de M. Ogle (2), observations dans lesquelles l'auteur signale la contraction des deux pupilles comme un effet de la compression de cette région de la moelle épinière, que MM. Budge et Waller ont appelée *région cilio-spinale*. Cette explication est très-vraisemblable et s'accorde parfaitement avec les expériences de M. Vulpian, dans lesquelles l'hémisection de la moelle chez les ani-

---

(1) Leçons sur le syst. nerv., t. II, p. 492.
(2) Loc. cit., p. 419.

maux produisait la contraction de la pupille correspondante; mais pour qu'on en puisse tirer des conclusions rigoureuses, il faudrait que le resserrement de la pupille, ainsi que la lésion de la moelle, fussent bornés à un seul côté.

En 1864, M. Panas disait dans son mémoire (1) : « Trois fois seulement on a pu constater, chez l'homme, les phénomènes congestifs et calorifiques qui caractérisent la section du filet sympathique chez les animaux. » Il voulait parler de l'observation qui lui appartient et de deux autres rapportées par M. Gairdner. A ces trois cas nous pouvons en ajouter trois autres, dont deux ont été observés par M. Verneuil; l'autre est celui publié à Philadelphie par MM. Mitchell, Morchouse et Keen. Dans ces six cas, la rougeur et la congestion de la moitié de la face et de l'oreille correspondantes à la lésion sont les symptômes le plus souvent observés, ils ont été signalés 5 fois; la rougeur de la conjonctive existait 3 fois; l'augmentation de la température, bornée à un seul côté, a également été notée 3 fois, mais 1 fois seulement, et c'est dans l'observation de M. Panas, on a employé le thermomètre et on a constaté une différence de 2° centigrades entre les deux côtés de la face; les sueurs, localisées dans la moitié de la face, ont aussi été notées 3 fois; l'augmentation de la sensibilité de la peau de la joue a été signalée 2 fois; enfin, l'enfoncement de l'œil n'a été observé que dans le cas de MM. Mitchell, etc., et le rétrécissement de l'ouverture palpébrale dans l'observation de M. Panas.

On voit donc que le rétrécissement de la pupille est le symptôme le plus constant, que les autres phénomènes n'ont été observés que dans un tiers des cas, et que, parmi ceux-ci, on a surtout signalé la rougeur et la congestion de la moitié de la face et de l'oreille; puis la rougeur de la conjonctive, l'augmentation de la température bornée au côté de la lésion et les sueurs localisées; enfin l'augmen-

---

(2) Loc. cit., p. 375.

tation de la sensibilité, l'enfoncement de l'œil et le rétrécissement de l'ouverture palpébrale. Ajoutons qu'il n'y a pas ordinairement de troubles de la vue et que l'examen ophthalmoscopique ne montre rien d'anormal.

Nous allons rapporter ici les dix-neuf observations sur lesquelles nous nous sommes appuyés pour tracer l'exposé des symptômes qui résultent de la compression de la portion cervicale du grand sympathique ou de sa dilacération. Nous relaterons d'abord l'observation publiée par MM. Mitchell, Morehouse et Keen, que nous devons à l'obligeance de M. Lefort, professeur agrégé à la Faculté de médecine, puis viendra celle de M. Panas. Ce sont, en effet, les deux observations les plus complètes qui existent dans la science ; elles reproduisent à peu près exactement les phénomènes observés chez les animaux après la section du grand sympathique au cou.

OBSERVATION I.

Un soldat reçut, le 3 mai 1863, un coup de feu au travers du cou ; la balle entra à 1 pouce et demi derrière l'angle de la mâchoire inférieure du côté droit et sortit à 1/2 pouce en avant de l'angle de la mâchoire inférieure du côté gauche. La raucité de la voix et des douleurs lancinantes furent les premiers symptômes, mais ils allèrent graduellement en diminuant. Le 15 juillet, la pupille droite était très-petite, la gauche plus grande et normale ; l'œil droit paraissait un peu plus enfoncé et plus petit que le gauche, la conjonctive droite était quelque peu rouge, la pupille un peu ovalaire. Au grand jour, la différence entre les deux pupilles était plus faible. La vue était affaiblie dans l'œil droit, il y avait un peu de myopie ; l'examen ophthalmologique ne montra rien d'anormal. Aussitôt que le malade faisait quelqu'effort, le côté droit de la face rougissait beaucoup, tandis que le gauche restait pâle ; la séparation sur la ligne médiane était très-apparente au menton et aux lèvres. Le maade se plaignait en même temps de douleurs au-dessus de l'œil droit, et voyait à droite une lueur rougeâtre. L'examen de la température fait du côté droit et gauche de la bouche, aussi bien que dans les deux oreilles, ne donna, à l'état de repos, aucune différence; on ne fit pas cet examen après un effort. Ces symptômes disparurent successivement jusqu'en octobre 1863 (1).

OBSERVATION II (2).

Dufrène Alphonse, armurier, âgé de cinquante deux ans, se présenta le 10 septembre 1863, à la consultation de l'hôpital de la Pitié, pendant que je faisais par intérim le service de M. Richet.

Cet homme était affecté d'une tumeur située sur la partie latérale gauche du cou, dont il disait ne s'être aperçu que depuis deux à trois mois seulement. Jusqu'alors, sauf quelques indispositions légères, il a joui d'une santé parfaite; mais, à partir de ce moment, il commença à maigrir d'une manière sensible. Pas d'antécédents syphilitiques, rien à signaler du côté de ses ascendants, sinon que sa grand'mère paraît avoir succombé à une affection probablement cancroïdale du pied.

Au moment ou le malade se présenta à moi, il était dans l'état suivant :

Sur le milieu de la partie latérale gauche du cou existait une tumeur arrondie, offrant le volume d'un œuf de poule, dure à la pression, légèrement bosselée à sa surface, et tant soit peu plus molle au centre qu'à la circonférence. La peau avait conservé sa souplesse, son épaisseur, sa mobilité, et glissait facilement sur la tumeur, sauf dans un point, large comme une pièce d'un sou, ou elle adhérait à la masse, et offrait une coloration rougeâtre.

---

(1) Fischer, Kriegs chirurgie, p. 132 (Erlangen, 1868).
(2) Panas, mém. cité, p. 366.

Les rapports de la tumeur avec les parties voisines étaient les suivants :

Elle est recouverte en avant par la peau et le muscle sterno-mastoïdien qui paraît aplati sur elle. Si on saisit la tumeur entre les doigts, et qu'on lui imprime des mouvements de latéralité, on sent qu'elle n'est pas exempte d'adhérences avec le plan vertébral ; le pharynx et le larynx ne sont pas sensiblement déviés, et l'on ne sent rien du coté de la cavité pharyngienne, bien que le malade nous dise que depuis une quinzaine de jours il avait commencé à avaler un peu plus difficilement.

La voix conserve ses qualités normales, et la respiration toute sa liberté.

L'artère carotide bat librement en dedans de la tumeur ; le système veineux superficiel n'offre rien qui puisse nous faire penser que les vaisseaux veineux profonds subissent une pression quelconque ; aussi, si l'on s'en tenait là, on concluerait faussement que la tumeur n'exerce aucune compression fâcheuse, soit sur les vaisseaux, soit sur les nerfs ; mais l'examen de l'œil du même côté va nous mettre sur la trace d'une série de symptômes extrêmement intéressants, qui témoignent hautement que le nerf grand sympathique subit ici une compression.

Ce qui frappe tout d'abord, c'est une rougeur très-vive de la conjonctive de l'œil gauche, différente de la conjonctivite par l'absence de toute sensation anormale, l'absence de toute sécrétion morbide, et l'état absolument normal de l'autre œil. Le malade dit s'être aperçu de cet état de son œil quinze jours auparavant, d'après l'avertissement de sa femme qui s'en serait aperçue le matin au réveil. Un examen plus approfondi nous permit de constater :

1° Que la pupille de cet œil est de moitié plus resserrée que l'autre;

2° Que l'ouverture palpébrale semble être devenue plus petite sans que nous puissions affirmer qu'il y ait rien de pareil du côté de la narine et de la bouche;

3° Enfin, que l'oreille et toute la moitié gauche de la tête sont légèrement rouges, congestionnées, et offrent une élévation de température parfaitement sensible à la main et au thermomètre, qui donne une différence de 2° centigrades entre ce côté de la face et l'autre côté.

Il est à noter que, du côté congestionné, le malade accuse des fourmillements et une augmentation de la sensibilité de la peau de la joue.

Avec cet ensemble de symptômes, reproduisant si bien ce que l'on observe chez les animaux lorsqu'on vient à couper chez eux le nerf sympathique au cou, le diagnostic ne pouvait être un instant douteux. Il y avait bien évidemment ici une compression du nerf grand sympathique produite par une masse de ganglions lymphatiques dégénérés ; quant à la nature de la tumeur, nous l'avons jugée cancéreuse, en nous basant pour cela sur la marche rapide qu'elle a suivie, et sur l'amaigrissement hâtif du malade.

Notre ligne de conduite était dès lors toute tracée, c'est pourquoi je dissuadai le malade d'une opération sanglante, et je lui prescrivis quelques toniques et l'iodure de potassium. Tel était l'état des choses lorsque je vis ce malade pour la première fois (10 septembre) ; voici ce qui s'est passé depuis :

Le 24 octobre, il se fit recevoir à l'hôpital Saint-Antoine, dans le service de M. Jarjavay, où il resta jusqu'au 31 octobre. Pendant son séjour dans cet hôpital, on lui donna de l'huile de foie de morue, du vin de quinquina, et on fit l'ouverture de sa tumeur très-probablement fluctuante.

De retour chez lui, le malade a continué de faire usage de l'huile de foie de morue et autres moyens, ce qui n'a pas empêché sa tumeur de faire des progrès tellement rapides que, dans le courant du mois de janvier 1864, il crut devoir s'adresser à M. Richet, à la Pitié, dans le service duquel il ne resta que quinze jours, pour regagner de nouveau son domicile où j'ai été le revoir il y a une vingtaine de jours environ. Son état était alors le suivant :

D'une maigreur extrême, il est devenu méconnaissable, et n'a plus la force de se lever du lit. La tumeur occupe actuellement, non-seulement tout un côté du cou, mais elle envahit aussi les régions axillaires et scapulaires ; aussi le cou est-il fortement incliné à gauche, et ne peut-il plus être redressé, à cause de l'énorme masse fongueuse et lardacée qui englobe tous les tissus. Par suite de cet état de choses, le malade ne peut plus ni ouvrir la bouche, ni avaler autre chose que des liquides.

Mais, ce que j'avais surtout intérêt à connaître, c'était l'état des choses au point de vue des changements survenus dans les phénomènes de compression du grand sympathique.

L'injection oculaire, dont il n'existe plus de traces, avait complètement disparu, depuis longtemps déjà, avant l'entrée du malade dans le service de M. Jarjavay ; de sorte que l'hypérémie en question n'a pas dû persister plus d'un mois et demi à deux mois au plus. Il en a été probablement ainsi de la rougeur avec élévation de température de la face ; mais sans qu'on puisse l'affirmer, le malade n'ayant pas été à même de le constater.

Les deux observations suivantes appartiennent à M. Verneuil ; la première est consignée dans les bulletins de la Société de chirurgie, la seconde est inédite. Ces observations sont encore bien complètes, elles sont remarquables par l'existence des phénomènes congestifs et calorifiques ; en outre, dans la première se trouve signalé un symptôme qui n'a été observé que par Gairdner : les sueurs localisées dans la moitié de la face.

OBSERVATION III (1).

A propos de la lecture du rapport de M. Guyon sur le travail de M. Panas.

---

(1) Bull. de la société de chirurgie, 2ᵉ série, t. V, 1864, p. 167.

M. Verneuil. Je viens apporter un fait nouveau à l'appui des recherches de M. Panas. Il s'agit d'un malade dont j'ai entretenu plusieurs fois la Société, celui auquel j'ai pratiqué la ligature préalable de la carotide primitive, pour enlever une volumineuse tumeur de la région parotidienne (1). En l'examinant de nouveau, il y a quelque temps, j'ai pu reconnaître chez lui les phénomènes qu'on attribue à la lésion du cordon limitrophe du grand sympathique : chaleur avec congestion vasculaire à la tempe et aux gencives, sueurs localisées dans la même région et sur la moitié correspondante de la face, contraction permanente de la pupille. Ai-je blessé le grand sympathique pendant la ligature ou en faisant la dissection délicate de la tumeur, je ne saurais le dire ; toujours est-il que les phénomènes indiqués semblent bien se rapporter à la lésion du nerf.

Rien ne prouve que le grand sympathique a été blessé pendant l'opération, et, comme les signes de sa lésion paraissent avoir été tardifs, on pourrait supposer la compression du nerf par la masse de tissu inodulaire qui s'est produite pendant la cicatrisation.

OBSERVATION IV.

Une femme de quarante ans entre, en 1867 à l'hôpital Lariboisière, salle Sainte-Jeanne, n° 2. Belle constitution, santé très-bonne autrefois; tumeur du cou datant d'un an à peine, ayant acquis un volume considérable depuis les deux derniers mois, et proéminente surtout à droite.

On avait porté le diagnostic de goître, le corps thyroïde était en effet le siége du mal, mais il était facile de reconnaître un cancer de cet organe : masse dure, bosselée, adhérente à la peau et aux parties profondes ; douleurs très-violentes dans le côté droit de la tête

---

(1) L'observation à laquelle M. Verneuil renvoie se trouve Bulletins de la société de chirurgie, t. IV, p. 373.

et le membre supérieur correspondant ; déglutition très-gênée ; mouvements du cou presque abolis.

En examinant la face, on constatait facilement les signes de la compression du grand sympathique droit : la contraction très-forte de la pupille, un peu de congestion de la conjonctive, une injection marquée des capillaires de la moitié droite de la face. J'ai conclu que la tumeur reposait sur la face antérieure du rachis et comprimait le grand sympathique.

Cela m'eût confirmé encore dans le diagnostic d'une tumeur maligne, si ce complément de preuve eût été nécessaire.

Dans les quatre observations suivantes, le seul symptôme indiquant la compression du grand sympathique est la contraction permanente de la pupille. L'observation V, due à Willebrand d'Helsingfor, est la première qui ait été publiée sur ce sujet. L'observation VI est tirée du mémoire de M. Ogle; l'observation VII nous a été communiquée par M. le Dʳ Ledentu, prosecteur à la Faculté de médecine; enfin l'observation VIII nous appartient. Dans la première de ces observations, la compression du grand sympathique est causée par une tumeur ganglionnaire strumeuse, dans les deux suivantes, par des tumeurs cancéreuses, dans la quatrième, par du tissu inodulaire.

OBSERVATION V (1).

Au mois de février 1852, je fus consulté, dit l'auteur (Willebrand), par le nommé Wichtell, batteur en cuivre, au sujet de l'un de ses yeux (c'était l'œil droit), dont la vue était, suivant lui, très-affaiblie. Il se plaignait en outre d'avoir, depuis un an, des douleurs dans le bras droit, qu'on avait considérées à tort comme étant de nature rhumatismale, et qui n'étaient, ainsi que j'ai pu le constater,

---

(1) Archiv. für. ophth., etc. 1853.

que des douleurs névralgiques s'irradiant sur le trajet du nerf cur-
bital, et dépendant de la compression exercée sur le plexus bra-
chial par une tumeur ganglionnaire de nature sturmeuse, qui rem-
plissait tout le triangle sus-claviculaire droit, et s'avançait sous la
clavicule. En examinant l'œil, je vis manifestement que la pupille
du côté droit était resserrée de beaucoup et faisait contraste quand
on la comparait avec celle du côté gauche. A part cela, l'œil n'offrait
aucune modification ni superficielle, ni profonde ; et quant au pré-
tendu affaiblissement de la vue, il n'existait pas, puisque le malade
pouvait distinguer avec cet œil les plus petits objets ; seulement quand
il voulait regarder des corps plus volumineux, comme une personne,
par exemple, son champ visuel étant considérablement diminué par
le rétrécissement de la pupille, il n'en voyait qu'une portion à la
fois, mais ce qu'il voyait, il le distinguait parfaitement.

D'accord avec mon diagnostic, je soumis ce malade aux préparations
tions iodées, et je lui fis prendre des bains alcalins chauds.

Sous l'influence de ce traitement, les ganglions engorgés dimi-
nuèrent de volume, l'iris reprit sa mobilité. et la pupille, ses dimensions ; aussi la vision est revenue ce qu'elle était auparavant. Ce
malade fut présenté à la Société médicale finlandaise, en mai 1852,
qui l'avait considéré comme à peu près guéri de sa tumeur et de
son œil ; et en effet, le 20 novembre 1853, époque à laquelle cette
observation a été publiée, M. Willebrand a trouvé son malade parfaitement guéri.

OBSERVATION VI (1).

Un homme, âgé de 22 ans, fut admis à l'hôpital Saint-Georges,
dans le cours de l'année 1856, pour un engorgement volumineux
des ganglions lymphatiques du cou, du côté gauche, formant une

---

(1) Ogle. Mémoire cité, p. 417.

tumeur douloureuse de la grosseur d'une petite orange. Il y avait de la toux avec respiration sifflante, et ultérieurement une grande dyspnée et expectoration sanguinolente. L'engorgement s'étendait aussi aux ganglions axillaires; on remarqua que les pupilles des deux yeux étaient dilatées et d'égale grandeur, mais, le vingt-unième jour après son admission, les ganglions cervicaux s'étaient énormément accrus, et on s'aperçut que les pupilles étaient très-inégales, celle de l'œil gauche étant de beaucoup la plus petite. Les deux pupilles se contractaient quand les yeux étaient dirigés vers la lumière, et c'est seulement après un court espace de temps que la pupille droite reprenait sa largeur relative. Le vingt-troisième jour, la tumeur était de la grosseur d'un œuf de cygne; il n'y avait pas de différence appréciable à la main dans la température de l'oreille et du côté de la tête correspondants (le thermomètre ne fut malheureusement pas employé); comme auparavant la pupille gauche était beaucoup plus petite que la droite, mais les deux pupilles se contractaient quand les yeux étaient tournés vers la lumière; souvent elles paraissaient devenues égales, quand les yeux étaient tenus très-largement ouverts et subitement tournés vers la lumière brillante d'une fenêtre. Lorsque le malade regardait ailleurs ou retirait les yeux de la lumière, la pupille droite redevenait de nouveau dilatée, et ainsi les deux pupilles devenaient inégales. Après la mort, je trouvai le poumon gauche et les ganglions médiastins, cervicaux et axillaires envahis par un dépôt carcinomateux ferme, exerçant une pression considérable sur le grand sympathique et les rameaux voisins; la trachée et l'œsophage étaient fortement repoussés du côté droit.

OBSERVATION VII.

Sarcome lymphatique du cou.

(Observation due à M. le Dr Ledentu, prosecteur à la Faculté de Médecine.)

Le nommé Emile Ledoux, marchand, âgé de 18 ans, entre le 14 novembre 1865 à la Pitié, salle Saint-Gabriel, n° 12.

Constitution faible, tempérament scrofuleux.

Maladies antérieures. Adénites chroniques suppurées à l'âge de 3 ou 4 ans; une cicatrice à droite à la région mastoïdienne; deux à gauche dans le même point. Vers la même époque, impétigo de la face interne du pavillon de l'oreille gauche et du cuir chevelu; santé assez bonne d'ailleurs. Pas de maladies graves. Pas d'antécédents suspects du côté des parents. Les père et mère du malade vivent encore et se portent bien, ses frères et sœurs également; rien non plus parmi les collatéraux.

Depuis son enfance, il ne s'est plus manifesté chez lui d'engorgement ganglionnaire.

Il y a onze mois, une petite tumeur apparaît immédiatement en arrière de l'angle de la mâchoire, à gauche; elle est mobile et indolente.

Elle s'accroît lentement, sans offrir rien de particulier, et, au mois d'août de cette année, elle avait atteint le volume d'un petit œuf de poule, et était entourée de petites bosselures.

A ce moment, sans cause connue, elle se met à grossir rapidement, et à gagner la région carotidienne; les petites bosselures se fondent dans la masse d'ensemble. L'accroissement a lieu progressivement sans intermittences marquées, l'état général n'est pas mauvais.

Vers le 8 novembre, le malade commence à éprouver des élancements dans le conduit auditif. Vers la même époque, aphonie complète et brusque accompagnée d'expuition de crachats nombreux, dysphagie pharyngienne, un peu de difficulté de la respiration.

Le 14. Etat du malade :

La tumeur occupe la partie latérale et postérieure du cou à gauche.

Dimensions. — De haut en bas, elle s'étend depuis la partie inférieure de la région parotidienne jusqu'à 0,03 centimètres au-dessus de la clavicule, en suivant la direction du muscle sterno-mastoïdien.

D'avant en arrière, elle a pour limites la ligne médiane dans la région sous-hyoïdienne et la partie la plus élevée de la région sous-hyoïdienne ; en arrière, elle empiète sur la nuque et atteint presque la ligne médiane dans le point le plus élevé.

Elle occupe donc environ 12 centimètres de haut en bas, 13 d'arrière en avant, et elle fait une saillie de 5 à 6 centimètres au-dessus du niveau normal de la région.

Elle est assez régulièrement arrondie, hémisphérique, surtout en haut ; la partie inférieure se présente sous l'aspect d'un prolongement de la masse principale. Les bords se confondent peu à peu avec les parties voisines par une pente régulière.

La tumeur paraît constituée par une masse unique ; à peine peut-on, dans deux ou trois endroits, sentir une délimitation très-vague entre des lobes qui seraient confondus presque entièrement avec leurs voisins.

En arrière seulement, il existe quelques ganglions isolés sur les contours de la tumeur.

La peau est presque intacte, légèrement rosée par places.

La consistance est élastique, on sent une fluctuation vague presque partout, rappelant assez la fluctuation de l'encéphaloïde un peu ramolli.

Le pharynx est occupé en partie par une tumeur grosse comme une noix, qui repousse l'amygdale et la luette du côté opposé ; ce prolongement est rosé et présente au toucher de petites bosselures d'une résistance élastique ; en haut et en bas on n'en atteint pas les limites.

État des parties voisines. — La peau est très-étendue et un peu lisse, mais sans autre changement de couleur qu'une exagération, en quelques points, de la couleur rosée ordinaire ; elle ne glisse pas sur la tumeur ; pas de points amincis.

Muscles. — Le sterno-mastoïdien est étalé, le tendon claviculaire et l'aponévrose mastoïdienne sont tendus et rejetés un peu en arrière.

Vaisseaux. — Ceux de la tumeur ne paraissent pas très-développés ; on n'y perçoit ni souffle, ni battements ; les vaisseaux importants du cou ne paraissent pas comprimés ; les battements de l'ar-

tère temporale se sentent bien ; pas d'œdème de la face ; pas de vertiges. Le malade a fréquemment la migraine ; mais le début de cette
affection remonte à l'enfance.

La carotide primitive doit être refoulée profondément, car on ne
la sent pas du tout ; pas de veines variqueuses sur la surface ou au-
tour de la tumeur.

Nerfs. — Une légère déviation de la bouche vers le côté droit,
ainsi que de l'aile du nez, certaine difficulté à fermer entièrement
l'œil gauche, un peu de surdité, tout cela indique que le facial est
comprimé.

Il en est de même de tous les nerfs qui passent dans les points
occupés par la tumeur. La compression du grand hypoglosse se manifeste par une déviation considérable de la langue ; l'organe se
présente par son bord gauche lorsqu'il est en repos ; mais si le malade essaie de le porter en avant, la déviation diminue à tel point
que la pointe revient presque jusqu'à la ligne médiane.

Pneumogastrique et spinal. — La voix est très-enrouée depuis une
quinzaine de jours ; le malade dit avoir eu, à un certain moment,
une aphonie complète survenue brusquement.

Le poumon gauche ne semble pas engoué.

Grand sympathique. — La pupille gauche est très-sensible, mais
un peu plus contractée que la droite.

Le larynx est un peu dévié à droite avec la trachée. Le maxillaire
inférieur a subi un mouvement de rotation sur le condyle droit, de
sorte que les dents des deux rangées opposées ne se correspondent plus.

Le lobule de l'oreille est repoussé en haut ; la paroi inférieure du
conduit auditif est repoussée vers la supérieure. La tête est inclinée
à droite, le cou est incurvé du même côté, la face est au contraire
un peu ramenée vers le côté malade.

Il existe, dans le creux poplité gauche, une tumeur élastique,
presque fluctuante, irréductible, qui fait à peine saillie à la surface
de la peau ; le malade prétend qu'elle a été grosse comme un œuf
et qu'elle a diminué peu à peu ; il dit la porter depuis deux ans.

L'état général est assez bon, sauf un peu d'amaigrissement depuis quelque temps. La nuit, les douleurs sont assez fortes pour empêcher le malade de dormir.

Le 22. Depuis l'entrée du malade, la tumeur a continué à augmenter, la peau se tend de plus en plus ; une ponction exploratrice, pratiquée par M. Richet, donne issue à des grumeaux d'une matière caséeuse qui rappelle la substance ramollie des ganglions tuberculeux.

Diagnostic. — Tout porte à croire que cette tumeur a pris naissance dans les ganglions du cou ; mais de quelle nature est-elle ? Il s'agit d'un engorgement chronique des ganglions, ou d'une dégénérescence de nature maligne. Cette dernière opinion a sa raison d'être dans la marche rapide de la maladie, dans l'existence de ce prolongement pharyngien apparu depuis peu et déjà assez gros pour gêner la déglutition. En revanche, l'absence d'antécédents cancéreux dans la famille du malade, l'âge de celui-ci, ses antécédents scrofuleux, l'évacuation d'une matière tuberculeuse par une ponction exploratrice, sont pour M. Richet autant de raisons capables de faire admettre de préférence une adénite chronique simple. Partant de cette conclusion, M. Richet se décide à soulager le malade par une opération.

On ne peut songer à enlever toute la masse morbide ; les symptômes énoncés plus haut montrent assez qu'elle s'étend trop profondément pour que l'on en essaie l'extirpation complète ; M. Richet veut seulement en enlever la portion la plus superficielle, espérant amener par là l'atrophie ou la guérison du reste.

L'opération est pratiquée le 23 novembre de la manière suivante :

M. Richet fait une incision courbe à convexité postérieure, allant de l'oreille à l'insertion claviculaire du sterno-mastoïdien ; sur cette incision il en fait tomber une autre transversale, dirigée en arrière ; le sterno-mastoïdien est rejeté en arrière ; on arrive ainsi sur la tumeur qui se présente sous l'aspect de l'encéphaloïde. M. Richet enlève, par arrachement, à peu près gros comme le poing de subsiance morbide; il ouvre ainsi une cavité anfractueuse pleine d'une matière caséeuse; c'est là que le trocart avait pénétré.

Il est inutile de poursuivre l'opération; après un pansement à la charpie, le malade est rapporté sur son lit; il a perdu peu de sang pendant l'opération.

Examen de la tumeur. — Au milieu d'une trame ténue et délicate de tissu conjonctif, on aperçoit des noyaux circulaires un peu granuleux, qui rappellent assez bien les noyaux épithéliaux normaux des ganglions lymphatiques; quelques-uns possèdent un nucléole que l'acide acétique rend manifeste. En outre, on trouve des cellules rondes contenant les mêmes noyaux.

Pendant les jours qui suivent l'opération, le malade accuse un soulagement notable; le sommeil est revenu, l'appétit s'est relevé et l'état général s'améliore. La plaie elle-même a assez bon aspect, elle se couvre de bourgeons charnus, comme si la cicatrisation devait avoir lieu. Mais bientôt les choses marchent moins favorablement; l'induration de la partie supérieure de la plaie persiste. Un certain nombre de petites flèches caustiques, introduites dans quelques points suspects, déterminent une certaine induration de tissus; mais les débris éliminés sont aussitôt remplacés; les bourgeons charnus pâlissent, s'indurent et se multiplient; l'état général s'altère et l'amaigrissement fait des progrès rapides.

Le malade ayant demandé à sortir le 20 décembre, je ne sais si la maladie a continué à marcher aussi rapidement; mais tout faisait prévoir que la mort ne tarderait pas à survenir.

OBSERVATION VIII.

Jean-Félix Nevers, âgé de 52 ans, employé de commerce, est entré à l'hôpital des Cliniques, salle des hommes, n° 5, le 23 novembre 1868, pour une tumeur présentant l'apparence d'un kyste situé au devant de l'os hyoïde, et que M. Richet, qui en fit l'ablation le 2 décembre 1868, reconnut être une dégénérescence de la bourse séreuse qui se trouve au-devant du cartilage thyroïde. Au-dessous, et également sur la ligne médiane, on voit une cicatrice résultant d'un kyste qui fut opéré en 1864 par M. Legouest. Enfin on remarque, du côté gauche, une troisième cicatrice qui me parut présenter un grand intérêt, parce que j'avais constaté tout d'abord un resserrement manifeste de la pupille de l'œil gauche. La cicatrice est irrégulière, elle est située sur le trajet du sterno-mastoïdien, vers la partie moyenne; l'artère carotide bat à une distance de quelques millimètres seulement au-devant d'elle; on sent quelques ganglions engorgés dans le voisinage, ainsi que de l'autre côté du cou. La pupille gauche est manifestement resserrée, elle est un peu mobile; il n'y a aucun trouble de la vue; j'ai constaté le phénomène à quatre ou cinq reprises, à plusieurs jours d'intervalle, le rétrécissement était toujours égal et bien manifeste. Le malade est d'une bonne constitution, toutefois, il a eu la syphilis en 1846.

Interrogé sur la cause de la cicatrice du cou, le malade raconte qu'étant en 1860 gendarme colonial à l'île Bourbon, il eut, au mois de juillet, un abcès au cou, qui formait une tumeur énorme; au bout d'un mois, il fut ouvert par un médecin militaire, la plaie était très-profonde; un mois après, on dut faire une nouvelle ouverture qui dut être bientôt suivie d'une troisième. La suppuration était très-abondante; on fit des injections avec la teinture d'iode, et au mois de février 1861 la plaie était complétement cicatrisée.

Dans cette observation, la pupille n'a pas été examinée dès le principe : on ne sait donc pas si elle était primitivement rétrécie; nous pensons qu'il est très-vraisemblable d'attribuer le resserrement de la pupille à la compression exercée sur le grand sympathique par la masse de tissu inodulaire produite pendant la cicatrisation de la plaie.

Les huit observations suivantes appartiennent à M. Gairdner et à d'autres chirurgiens anglais. Dans ces huit cas, la compression du grand sympathique est produite par des anévrysmes de l'aorte. Dans le premier, qui est dû à M. Gairdner, on mentionne de la rougeur et des sueurs bornées à un seul côté de la face, ainsi que de l'irrégularité dans la température; dans le second, dû au même auteur, les sueurs sont aussi signalées. Dans les six autres, on n'observe que la contraction de la pupille. Dans toutes ces observations, c'est la portion thoracique du grand sympathique qui est comprimée; mais, comme on le voit, les effets sont les mêmes que dans les observations précédentes.

OBSERVATION IX.
(Observation décrite par M. Gairdner) (1).

Elle se rapporte à un ouvrier qui, en même temps que les signes d'un anévrysme thoracique et d'une affection des valvules aortiques avec hypertrophie du cœur, présentait une contraction de la pupille gauche.

M. Gairdner me raconta, dit M. Ogle, les particularités de ce cas en décembre 1856, et j'ai récemment appris de lui que chez cet homme, qui jouit encore d'une bonne santé (mai 1858), il existe une remarquable irrégularité dans la température, des sueurs froides accompagnées de rougeur, exactement limitées à cette moitié de la face dont la pupille est atteinte.

OBSERVATION X.

Le docteur Gairdner, ajoute M. Ogle, me dit aussi qu'il avait eu récemment l'occasion de voir un autre cas de sueurs d'un seul côté, coïncidant avec la contraction de la pupille du même côté, et les signes d'une maladie du cœur ou d'un anévrysme.

OBSERVATION XI (2).

C'est celle d'un carrier, âgé de 40 ans, affecté d'un anévrysme

---

(1) Gairdner. Edinburgh Monthly journal, August, 1855, p. 143, cité dans Ogle, loc. cit.,p. 413.
(2) Gairdner. Loc. cit.

de la crosse de l'aorte atteignant le nerf grand sympathique, comme cela fut démontré par l'autopsie, et, selon toute probabilité, le ganglion cervical inférieur, ainsi que différents nerfs rachidiens et l'artère vertébrale. Pendant six semaines que dura l'observation, on put voir la pupille gauche beaucoup plus étroite que la droite, mais toutes deux étaient mobiles sous l'influence de la lumière. On constata, plusieurs semaines avant la mort, que la différence dans la largeur des pupilles était devenue à peine reconnaissable. Ce cas se termina fatalement par une hémorrhagie dans l'œsophage.

OBSERVATION XII (1).

C'est celle, rapportée par le Dr Walshe, d'un anévrysme de l'aorte comprimant fortement l'artère innominée, au point de rendre le pouls radial droit presque imperceptible. Dans l'observation du Dr Walshe, il fut constaté que la pupille gauche, pendant la vie, avait un huitième de pouce de diamètre ; la droite n'avait pas plus de la moitié de sa largeur, toutes deux étaient arrondies et assez brillantes. Après la mort elles devinrent plus larges que pendant la vie ; la droite, qui, pendant la vie, était notablement plus étroite, devint manifestement plus large que la gauche.

OBSERVATION XIII.

Le sujet était soumis au traitement du Dr Gairdner, et chez lui il y avait contraction de la pupille en même temps qu'anévrysme thoracique.

OBSERVATION XIV.

Elle est publiée *in extenso* par le Dr Williamson (2). Dans ce cas,

---

(1) Walshe, diseases of the lungs, heart and aorta, 2ᵉ édit., p. 759.
(2) Edinburgh monthly journal, 1857, p. 614.

la contraction de la pupille, accompagnée de symptômes névralgiques manifestes, fut considérée pendant la vie comme un moyen de diagnostic entre un anévrysme et une lésion des valvules aortiques. Après la mort, on trouva un anévrysme intra-thoracique, du même côté où l'on avait observé la contraction de la pupille.

OBSERVATION XV.

Elle a été publiée par le Dr Banks, de Dublin (1).

Il rapporte qu'une femme, âgée de 24 ans, avait une pupille contractée sous l'influence d'un anévrysme qu'on pensait devoir exister à la partie supérieure gauche de la poitrine. La vue du côté affecté était bonne, et la contraction de la pupille, quoique constante, comparée à celle de l'autre œil, était susceptible de changement, comme celle de l'œil sain, lorsqu'on laissait tomber sur les yeux une quantité plus ou moins grande de lumière. La malade quitta l'hôpital dans le même état, et le Dr Banks me dit dans une lettre qu'il ne l'avait pas revue depuis sa sortie de l'hôpital.

OBSERVATION XVI.

Elle est rapportée par le Dr Willshire (2). C'est une femme de 60 ans qui avait sans doute une énorme dilatation de l'aorte ascendante et de la crosse, ainsi que des vaisseaux qui tirent leur origine de ce point. La pupille droite était toujours plus contractée que la gauche, mais elle se dilata promptement sous l'influence de l'atropine.

M. Ogle ajoute dans une note (3) : « J'ai reçu tout récemment une lettre du Dr Gairdner qui m'informe qu'il a rencontré quatre autres

(1) Dublin hospital gazette, january 1856, cité dans Ogle, *loc. cit.*, p. 414.
(2) Lancet, 1856, v. I, p. 678.
(3) Mém. cité, p. 415.

cas dans lesquels la contraction de la pupille accompagnait un anévrysme intra-thoracique.

Dans l'observation suivante, la compression est causée par un anévrysme du tronc brachio-céphalique.

OBSERVATION XVII.

Le sujet fut encore observé par le Dr Gairdner, et c'est un cas bien caractérisé d'anévrysme du tronc innominé. La pupille droite était contractée comparativement à la gauche : le sujet, une femme, est probablement encore en vie.

L'observation qui suit appartient à M. Coates de Salisbury; elle est rapportée dans le mémoire de M. Ogle. Il s'agit d'un anévrysme de l'artère carotide comprimant le grand sympathique ; on n'a pas observé d'autre effet que le rétrécissement de la pupille.

OBSERVATION XVIII.

Un homme de 41 ans portait un anévrysme de l'artère carotide gauche, mesurant cinq pouces et demi sur quatre. Il y avait céphalalgie, toux, dyspnée et dysphagie. La pupille de l'œil gauche était assez contractée pour qu'elle ait été remarquée par ses domestiques; du même côté la vue était très-affaiblie. M. Coates de Salisbury (1) lia l'artère, et, le huitième jour après l'observation, on put voir la pupille qui avait été contractée reprendre à peu près son état naturel de dilatation et d'impressionnabilité.

Ce cas me semble apporter un remarquable exemple du rapport qu'il y a entre la lésion du sympathique au cou par la pression d'un anévrysme et l'altération des fonctions de l'iris, qui reprend son état naturel au fur et à mesure que l'anévrysme diminue après l'opération, soulageant ainsi le nerf d'une pression anormale.

(1 Johnson's médical journal, vol. II, p. 870, march 1822.

L'observation suivante, dans laquelle on a trouvé à l'autopsie un fibrôme du ganglion cervical supérieur du grand sympathique, mérite, selon nous, d'être rapportée ici, bien qu'on n'ait constaté pendant la vie aucun des signes de la lésion du grand sympathique. En effet, dans ce cas, rapporté par Lebert (1), et qui remonte à 1828, il est infiniment probable que les symptômes qui caractérisent la lésiou du nerf sympathique existaient, mais qu'ils n'ont pas été remarqués, faute de notions physiologiques suffisantes.

OBSERVATION XIX.

Une jeune fille, âgée de 20 ans, entra le 20 septembre 1828 à l'hôpital de Wurtzbourg, dans le service de M. le professeur Schœnlein. Elle avait toujours joui d'une bonne santé, et elle accusait, comme cause de sa maladie, un refroidissement auquel elle s'était exposée quelques semaines avant son entrée à l'hôpital. Elle avait été d'abord prise de douleurs dans les membres supérieurs, qui cessèrent pour faire bientôt place à des fourmillements et à de i'engourdissement dans tous les membres ; ces fourmillements, cet engourdissement augmentèrent au point que bientôt la malade avait complétement perdu l'usage de ses membres. Les doigts étaient contractés ; ses genoux étaient un peu fléchis ; elle ne pouvait se tenir droite ; elle avait rapidement maigri ; les organes de la respiration et de la digestion ne paraissaient pas malades. On avait reconnu une maladie de la moelle épinière, consécutive à une affection rhumatismale, et on init en usage des sangsues sur la colonne dorsale, des frictions camphrées sur les membres, etc. Après un soulagement momentané, l'état de cette fille empira. Le pouls devint très-accéléré, la peau chaude ; la malade éprouva des besoins fréquents d'uriner, une vive oppression, de violentes palpitations. L'auscultation de la

---

(1) Lebert. Physiologie pathologique, t. II, p. 179.

poitrine cependant n'y montra rien d'anormal. C'est alors que l'on s'aperçut que la malade avait sur le côté droit du cou une tumeur ovoïde placée sous le muscle sterno-mastoïdien; cette tumeur était mobile, mais douloureuse au toucher. Un traitement antiphlogistique et émollient n'eut point d'effet. La malade eut pendant quelques jours de la diarrhée qui céda aux opiacés et à l'usage de l'arrow-root. Les symptômes de paralysie cependant persistèrent, ce qui engagea M. Schœnlein à lui prescrire de la strychnine qui, en effet, rendit un peu le mouvement à la main et à l'avant-bras droit. Vers le milieu de décembre, elle eut de nouveau un fort accès, comme celui du mois d'octobre, qui dura pendant quelques jours. Au mois de janvier, la paralysie diminua un peu dans tous les membres. Cette amélioration continua à faire des progrès jusqu'au 19 février, jour où elle eut un nouvel accès, que M. Schœnlein compara, d'une manière aussi spirituelle que juste, aux symptômes qu'on observe sur les animaux auxquels on a lié le nerf pneumogastrique. La malade avait la poitrine oppressée, comme si elle devait étouffer, la respiration courte et haletante; elle ne pouvait rester couchée, le ventre était fortement rétracté, elle ne pouvait pas parler; les battements du cœur étaient précipités et étendus, le pouls petit. Un lavement d'assa-fœtida et des sinapismes, qui avaient fait du bien dans l'accès précédent, furent mis en usage. Après avoir été un peu mieux pendant deux jours, elle eut de nouveau, pendant la nuit du 23 février, un accès encore plus fort que les précédents : la face se décomposa, la respiration devint extrêmement gênée, il survint une forte diarrhée, le pouls disparut, les membres devinrent froids, la paralysie gagna peu à peu tout le corps, et la malade succomba le 25 février à cinq heures et demie du matin.

A l'autopsie, faite deux jours après, on trouva, d'une manière indubitable, que la tumeur du cou était un engorgement du premier ganglion cervical du nerf grand sympathique. Elle était entourée d'une membrane cellulaire, et ressemblait, dans son intérieur, aux tumeurs fibreuses; on ne put plus y reconnaître de filets nerveux.

Cette même structure se retrouvait dans le tronc du nerf sympa thique, ainsi que dans les nerfs provenant du cerveau et de la moelle épinière, qui s'anastomosaient avec ce ganglion. Tous ces nerfs étaient hypertrophiés. Des tumeurs semblables existaient dans la cavité de la colonne vertébrale, et surtout à la partie supérieure. Elles étaient entourées d'une membrane cellulaire, leur substance était un peu moins ferme que celle du ganglion du nerf sympathique, mais on reconnaissait bien plus distinctement des fibres longitudinales. On ne trouva rien d'anormal dans les centres nerveux.

Schœnlein a cru observer en 1833 un autre cas de fibrôme dans lequel le ganglion cervical inférieur était atteint; mais la malade, ayant guéri, le diagnostic n'a pu être vérifié, et, ainsi que le pense d'ailleurs Lebert lui-même qui rapporte cette observation (1), il est très-probable que c'était plutôt une glande hypertrophiée, et que les symptômes de paralysie qui furent observés en même temps provenaient d'une affection des centres nerveux guéris en bonne partie sous l'influence du traitement mis en usage.

II.

DES LÉSIONS DÉTERMINANT L'EXALTATION DES FONCTIONS DU GRAND SYMPATHIQUE.

En 1849, M. Ogle, chirurgien de l'hôpital Saint-Georges à Londres, observait, sans s'en rendre compte, chez un homme atteint de tumeur cancéreuse du cou, une dilatation considérable de la pupille du côté correspondant.

En 1856 et 1857, il avait encore l'occasion d'observer une série de cas pathologiques, dans lesquels, les conditions étant en apparence les mêmes que dans beaucoup d'observations rapportées dans

____

(1) Loc. cit., p. 483.

le chapitre précédent, il n'y avait pas contraction de la pupille, comme dans ces derniers cas, mais, au contraire, dilatation. Songeant alors aux expériences récentes de MM. Brown-Séquard et Cl. Bernard, dans lesquelles la dilatation de la pupille se produisait sous l'influence de la galvanisation de la portion cervicale du grand sympathique, il se dit (1) qu'une compression très-légère, s'exerçant sur le filet nerveux, pourrait bien agir sur lui en déterminant une excitation analogue à celle produite par la galvanisation de ce filet, et il expliquait ainsi parfaitement le phénomène qu'il observait.

En 1864, M. Panas, dans son mémoire présenté à la Société de chirurgie, rapportait quelques-unes des observations de M. Ogle; mais il ne les trouvait pas suffisamment concluantes, et il se croyait autorisé à dire : « S'il y a des faits démontrant péremptoirement la relation qui existe entre le resserrement de la pupille et la compression du nerf grand sympathique, aucun de ceux mis en avant pour prouver qu'une compression plus légère a pour effet de dilater la pupille au lieu de la resserrer ne nous paraît échapper à la controverse (2). » Aujourd'hui, à ces faits de M. Ogle, qui, seuls, pouvaient paraître peu probants, nous pouvons ajouter trois autres observations qu'on ne peut révoquer en doute. Ces faits donnent plus d'autorité à ceux observés par M. Ogle, et nous permettent de soutenir, en nous appuyant sur neuf observations, qu'une compression très-légère du grand sympathique a pour effet de dilater la pupille.

La première observation que nous allons rapporter nous a été communiquée par M. le Dr Ledentu; la compression du grand sympathique était produite par un chondrome de la parotide. Cette observation, recueillie avec beaucoup de soin et sans idée préconçue, est très-concluante; car on a observé la dilatation d'abord,

---

(1) Ogle, loc. cit., p. 421.
(2) Panas, loc. cit., p. 375.

puis le resserrement de la pupille. On voit donc les effets varier selon que la compression est légère et ne fait qu'exalter les fonctions du nerf, ou que, la tumeur ayant pris de l'accroissement, la pression devient plus énergique et abolit plus ou moins complétement les fonctions du filet nerveux.

A côté de cette observation nous en placerons une autre, à peu près analogue, qui appartient à M. Ogle, et qui n'est pas citée dans le mémoire de M. Panas. Il s'agit d'un abcès profond du cou, qui fut accompagné d'abord de dilatation de la pupille; puis, la collection du pus augmentant et comprimant sans doute plus fortement le rameau nerveux, il y eut, pour un moment, resserrement de la pupille, qui disparut ensuite pour faire place à la dilatation, et la pupille était redevenue normale lorsque l'abcès fut guéri. Cette dilatation se répéta à deux reprises différentes dans deux nouveaux abcès, dont la même malade fut atteinte. Cette observation ne paraît pas pouvoir être mise en doute; elle met au contraire bien en lumière la dilatation de la pupille par l'effet d'une compression légère du grand sympathique.

OBSERVATION XX.

(Communiquée par M. le Dr Ledentu).

Rémy Georges, âgé de 53 ans, garçon de chantier, entré à l'Hôtel-Dieu, salle Sainte-Marthe, n° 26, le 17 mars 1864.

Il a été opéré en septembre 1862 d'une tumeur de la région parotidienne, au moyen de l'écraseur.

En décembre 1863, apparition d'une tumeur extérieure siégeant dans la région parotidienne droite, indolore, incolore, superficielle.

Au mois de janvier, vers la fin, apparaissent des douleurs dans l'oreille, qui vont en augmentant avec la tumeur jusqu'au jour de l'entrée. Quelques jours avant l'entrée du malade, il se déclare une paralysie faciale du côté droit.

Le 17 mars. Tumeur dure, bosselée, occupant le creux parotidien, dépassant inférieurement l'angle de la mâchoire de 2 ou 3 centimètres, et empiétant latéralement sur le bord du sterno-mastoïdien et le masséter: On constate tous les signes d'une paralysie faciale du côté droit. Pas de tumeur du côté du pharynx. La tumeur est le siége de douleurs assez vives. M. Laugier y fait appliquer un emplâtre, qu'il tient d'un médecin qui a la prétention de tout guérir avec cette sorte d'emplâtre ; je n'en connais pas la nature.

Le 1er avril. La tumeur se développe en arrière et devient de plus en plus douloureuse ; la douleur se manifeste par crises qui surviennent surtout dans l'après-midi et vers le soir.

Le 21. Nouvelle augmentation, principalement en arrière. Dans la région parotidienne, il y a un ramollissement très-étendu et très-superficiel, qui simule très-bien un abcès, sur une surface de 7 ou 8 centimètres de hauteur, sur 5 ou 6 de largeur. Je fais une ponction exploratrice qui laisse couler une assez grande quantité d'un liquide jaunâtre et visqueux, rappelant tout à fait le liquide de l'enchondrome ramolli. Depuis deux ou trois jours le malade éprouve quelques étourdissements, principalement dans les mouvements de droite à gauche.

Le 24. Le liquide a continué à couler presque constamment ; la peau est très-amincie et blanche dans un point voisin de la ponction, où elle menace de s'ulcérer.

Le 27. La tumeur a pris un développement énorme en arrière et empiète sur la région occipitale ; elle est largement bosselée et dure, sauf au point ponctionné ; elle a envahi la moitié droite du pharynx et gêne la déglutition.

Les étourdissements, loin de diminuer, sont devenus plus fréquents et plus forts. Le malade tombe tout d'un coup sur le dos, et perd la vue et l'ouïe ; il est tombé plusieurs fois de son lit. Les crises douloureuses se reproduisent encore, mais un peu moins violentes.

OEdème de la paupière droite, de la moitié droite du nez et des lèvres, très-bien limité à la partie moyenne.

Il n'y a pas dans les membres ni à la face de symptômes de paralysie.

La pupille du côté droit est un peu dilatée.

La vue est intacte des deux côtés.

La peau est adhérente dans toute l'étendue de la tumeur et présente une couleur d'un rouge violacé.

10 mai. Une période de mieux a succédé aux symptômes précédents, mais aujourd'hui le malade est dans un demi-coma. La tumeur s'est perforée du côté de la bouche. La pupille droite, encore sensible d'ailleurs, est rétrécie.

Mort.

Autopsie. Infiltration de sérosité dans les mailles de la pie-mère.

Tous les nerfs profonds du cou, y compris le ganglion supérieur, sont englobés dans la tumeur, mais on voit qu'il n'y a pas longtemps qu'ils ont été atteints.

Un caillot occupe la jugulaire interne ; le calibre de la carotide interne est effacé ; ses parois sont accolées, mais non adhérentes.

Cerveau intact ; pas de prolongements intra-crâniens.

Ouverture du côté du pharynx. La parotide et l'amygdale ont complétement disparu. Rien dans l'oreille.

L'examen histologique n'a pas été fait ; en tout cas, la marche clinique de la maladie justifie le diagnostic posé : chondrome myxomateux de la parotide.

OBSERVATION XXI (1).

C'est une dame allemande, âgée de 25 ans, qui, au mois d'août 1856, à Dublin, souffrait d'une inflammation phlegmoneuse du cou. Il se forma donc une tumeur du côté droit du cou s'étendant de l'oreille au bord inférieur du cartilage thyroïde et située au-dessous

---

(1) Cette observation a été communiquée à M. Ogle par le Dr Kidd, de Dublin. Ogle, Mém. cité, p. 430.

de l'aponévrose cervicale. Il y avait une douleur vive, et il s'établit de la suppuration marquée par des frissons répétés. On observa alors que la pupille de l'œil droit était très-dilatée, au point qu'on n'apercevait plus qu'une très-petite portion de l'iris. Peu de temps après qu'on eût remarqué cette dilatation de la pupille, la douleur s'apaisa et la malade s'endormit ; à son réveil, la pupille, jusqu'alors si dilatée, avait repris ses dimensions normales. Dans la soirée, le frisson revint, et la pupille était alors contractée ; un paroxysme de douleur suivit le frisson, et la pupille se dilata comme auparavant. Ces changements dans les dimensions de la pupille furent observés plusieurs fois, et en outre, pendant ce temps, l'iris, qui était naturellement de couleur grise, prit une teinte brun foncé. L'abcès du cou étant alors ouvert, les frissons cessèrent, et la pupille resta dilatée, mais elle se contractait sous l'excitation de la lumière ; la vue était manifestement intacte. A mesure que la plaie du cou se cicatrisait, la pupille reprenait sa grandeur normale.

Pendant l'été de 1857, étant à Londres, cette dame eut un nouvel abcès de la même région, avec retour de l'affection de la pupille. En 1858, elle eut encore un nouvel abcès à la partie inférieure du cou ; la pupille devint de nouveau dilatée, mais ce changement dans ses dimensions était moins évident.

L'observation XXII, que nous avons pu suivre à l'hôpital Lariboisière dans le service de M. le professeur Verneuil, est très-concluante et ne peut nullement être révoquée en doute ; il en est à peu près de même de celle qui vient après, que nous avons recueillie dans le service de M. Giraldès à l'hôpital des Enfants Maades.

OBSERVATION XXII.

Thérèse N....., âgée de 25 ans, cuisinière, entre, le 24 novembre 1868, à l'hôpital Lariboisière, salle Sainte-Jeanne, n° 3.

Trois semaines avant l'entrée : gonflement du cou, douleurs pendant les mouvements.

19 novembre. La malade se plaint beaucoup d'élancements dans la partie malade, élancements qui remontent vers l'oreille et produisent dans la tempe gauche une sensation de tourbillon. Dysphagie des aliments solides.

Le 22. Dysphagie des solides et des liquides, dyspnée, accès de suffocation réveillant plusieurs fois la malade pendant la nuit.

Le 25. Gonflement assez étendu de la portion moyenne de la région sterno-mastoïdienne du côté gauche, sensation de fluctuation superficielle ; il y a lieu de croire à un abcès superficiel du cou. M. Verneuil, après avoir chloroformisé la malade, plonge un bistouri dans la tumeur ; il en sort une quantité de pus phlegmoneux qu'on peut évaluer à 120 grammes ; mais M. Verneuil, ayant remarqué du côté correspondant à la tumeur la dilatation de la pupille, qui a 1 millimètre de diamètre plus que l'autre, avait diagnostiqué à l'avance un abcès profond ; il introduit le doigt dans la plaie, dépasse le sterno-mastoïdien, et voit la confirmation de son diagnostic.

Le 28. La malade ressent encore des élancements qui partent de la plaie et remontent dans l'oreille et la tempe. La pupille gauche a bien diminué d'étendue. En plaçant la malade devant une fenêtre de façon que l'œil gauche reçoive la lumière, la pupille gauche paraît encore plus large que l'autre ; en la plaçant en sens contraire, on comprend qu'il y ait une dilatation très-notable de la pupille gauche ; enfin, si l'on tourne la malade en face de la lumière, on constate d'abord difficilement la dilatation de la pupille gauche, mais en faisant fixer un objet on voit la dilatation devenir très-manifeste.

5 décembre. La plaie du cou est presque fermée ; il reste encore un peu de dilatation très-peu apparente de la pupille.

Le 10. La plaie est cicatrisée, la pupille revenue à son état normal. Sortie de l'hôpital.

OBSERVATION XXIII.

Diénay (Charles), âgé de 5 ans, a été amené le 2 novembre 1868 à l'hôpital des Enfants-Malades, et admis dans le service de M. Giraldès, salle Saint-Côme, n° 8, pour qu'on le débarrassât d'une énorme tumeur ganglionnaire, du côté gauche du cou, placée sur le trajet du sterno-mastoïdien, et s'étendant en arrière de l'oreille.

Il fut opéré le 20 novembre. M. Giraldès commença par enlever la portion antérieure de la tumeur; l'opération fut très-laborieuse, la tumeur étant formée d'une foule de ganglions très-petits; elle dura près d'une heure. Alors M. Giraldès, vu la fatigue du petit malade, les difficultés inhérentes à la région et la section de quelques veines qui menaçaient d'accidents, jugea prudent de terminer l'opération et de laisser la portion postérieure de la tumeur, dont il avait enlevé déjà la plus grande partie. Le lendemain M. Giraldès remarqua que le petit malade présentait une dilatation très-notable de la pupille du côté correspondant, sans trouble de la vue, et sans autre phénomène de ce côté de la face.

Passant dans le service quelques jours après, je constatai que la pupille gauche était un peu plus dilatée que celle du côté opposé. Cette dilatation, quoique peu marquée, était manifeste. J'appris alors qu'elle avait été bien plus dilatée pendant les deux ou trois jours qui suivirent l'opération.

10 décembre. Sortie du malade. Il reste une plaie longitudinale en voie de cicatrisation, à laquelle vient s'ajouter une autre plaie presque fermée, résultant d'une incision perpendiculaire à la première. La pupille est encore un peu dilatée.

Dans ce cas, la dilatation de la pupille peut s'expliquer, soit par l'irritation du filet sympathique en contact avec le pus, soit par la compression exercée par la tumeur ; l'analogie nous autorise à adopter de préférence cette dernière interprétation.

Les cinq observations qui suivent sont tirées du mémoire de M. Ogle. Moins concluantes peut-être que celles que nous venons de rapporter, elles pourront toutefois leur servir de complément. D'ailleurs, nous avons négligé de relater celles qui nous paraissaient trop controversables, les cas, par exemple, dans lesquels on ne notait pas quelle était la pupille dilatée, ou ceux dans lesquels la différence entre la dilatation des deux pupilles n'était pas bien manifeste. Dans les deux premières observations, la dilatation est causée par la compression qui résulte d'anévrysmes de l'aorte ; dans les deux suivantes, par des tumeurs cancéreuses du cou ; dans la dernière, par un engorgement ganglionnaire consécutif à une fièvre scarlatine.

OBSERVATION XXIV (1).

C'est celle d'une femme, âgée de 40 ans, que j'observai dans les salles de l'hôpital Saint-Georges, dans l'année 1856. Elle fut admise avec une tumeur pulsatile de la grosseur d'un œuf de poule, située au niveau du troisième espace intercostal du côté droit. Il y avait pendant la diastole un tic-tac aigu qu'on entendait au niveau des omoplates en arrière, et principalement au milieu de la droite ; puis on entendit pendant la systole un murmure au niveau de la tumeur ; et il survint de la dyspnée et de la toux. Ensuite la tumeur devint apparente du côté gauche du sternum, et il s'ensuivit une respiration bruyante. On remarqua que les pupilles étaient légèrement dilatées. Plus tard, la pupille droite augmenta même en largeur, au point de contraster notablement avec la gauche. La mort arriva peu de temps après.

A l'autopsie, on trouva un anévrysme de la grosseur d'une noix

---

(1) Ogle, Mém. cité, p. 427.

de coco, détruisant une partie du côté droit du sternum et la portion contiguë de la troisième côte, et naissant de la partie supérieure de l'aorte ascendante, ce vaisseau lui-même était aussi très-dilaté.

OBSERVATION XXV (2).

C'est celle que, grâce à l'obligeance du Dr Sibson, je vis dans son service, à l'hôpital Sainte-Marie. Voici un extrait des notes qu'il me donna :

James (Rosette), âgée de 42 ans, fut admise, le 18 octobre 1857, avec la face et le cou bouffis et congestionnés, les veines jugulaires dilatées du côté droit, et des pulsations dans le second espace intercostal du côté droit de la poitrine, avec tumeur de cette région, s'étendant depuis le bord du sternum jusqu'à 1 pouce en dehors. On observait tous les autres symptômes conduisant au diagnostic d'un anévrysme intra-thoracique. On ne remarqua rien de particulier dans l'apparence des deux pupilles jusqu'au 11 décembre, où il fut constaté que la pupille gauche était plus dilatée que la droite. Le 12 février, on constata que l'impulsion de l'anévrysme était plus forte et était sentie dans une étendue de 3 pouces, du second au quatrième cartilage costal, et que les deux pupilles étaient dilatées, mais la gauche beaucoup plus que l'autre. En exposant les yeux à la lumière d'une chandelle, les deux pupilles se contractaient, mais la gauche restait toujours la plus large. La malade se plaignait aussi d'accès de vertige, et elle avait parfois des moments où elle délirait un peu. Le 8 mars, on remarqua que, pendant qu'elle dormait, les pupilles étaient contractées, mais la gauche était la plus large. Toutes deux se dilataient promptement quand elle se réveillait.

---

(2) Ogle, Mém. cité, p. 429.

OBSERVATION XXVI (1).

Un homme, âgé de 57 ans, fut apporté à l'hôpital Saint-Georges, avec le côté gauche du cou envahi par une infiltration squirrheuse; la peau était tuberculeuse, indurée, décolorée. Il était dans un état d'hébétude, et on remarqua que la pupille de l'œil gauche était dilatée, celle du côté droit étant normale. La dysphagie amena la mort. La plupart des tissus de toute la profondeur du côté gauche du cou furent trouvés, à l'autopsie, envahis par le cancer, et il n'y eut pas de doute que les filets du grand sympathique avaient eu leur part de compression, quoique à un faible degré.

OBSERVATION XXVII (1).

J. M..., âgé de 57 ans, fut apporté à l'hôpital Saint-Georges, le 30 mai 1849, avec une infiltration cancéreuse des ganglions cervicaux, et de la plupart des organes situés du côté gauche du cou. Lorsqu'il fut admis, il était dans un état de demi-stupeur causée, comme on le pensa alors, par la compression des vaisseaux du cou. On remarqua que la pupille de l'œil gauche était considérablement dilatée, tandis que l'autre était normale. La pression de la main sur le côté droit du cou amena une syncope. A l'autopsie, la veine jugulaire externe fut trouvée oblitérée par un caillot, et l'artère carotide, la veine jugulaire interne et le nerf pneumogastrique du côté gauche furent trouvés envahis par la tumeur cancéreuse; de sorte qu'on peut difficilement concevoir que le tronc du grand sympathique en arrière pût être entièrement à l'abri d'une compression, qui n'était pas suffisante toutefois pour le paralyser.

OBSERVATION XXVIII.

J'observai dernièrement, à l'hôpital Saint-Georges, un jeune

---

(1) Ogle, Mém. cité, p. 428.

homme atteint de fièvre scarlatine. Il avait des ulcérations douloureuses de la gorge, et un engorgement volumineux des deux côtés
du cou, mais particulièrement du côté gauche. Les pupilles des
deux yeux étaient fixes, mais très-dilatées, la gauche étant de
beaucoup la plus large.

Après la mort, les ganglions lymphatiques du cou furent trouvés
très-fortement engorgés, et suppurant en un ou deux points ; et la
plupart des tissus profonds, au milieu desquels se trouvent les vaisseaux et les nerfs des parties latérales du cou, étaient indurés et
confondus ensemble par les produits inflammatoires. Ces altérations
furent surtout visibles du côté gauche du cou.

Nous pouvons conclure de ce qui précède :

1° Que la dilatation de la pupille est le seul effet observé jusqu'à
présent, mais non contestable, d'une compression légère exercée
sur le nerf grand sympathique.

2° Que dans les neuf cas de ce genre que nous avons pu rassembler, la compression légère du nerf a été causée : deux fois par
des anévrysmes de l'aorte, deux fois par des abcès profonds du cou,
deux fois par des tumeurs cancéreuses du cou, deux fois par des
engorgements ganglionnaires, une fois par un chondrome de la
parotide.

IMPORTANCE SÉMÉIOTIQUE DES LÉSIONS DE LA PORTION CERVICALE DU GRAND SYMPATHIQUE.

Nous avons considéré jusqu'à présent les lésions de la portio
cervicale du grand sympathique au point de vue de la pathologie
de cet organe, et nous nous sommes attaché à montrer les
signes qui peuvent faire distinguer cette lésion. Mais, outre que
ces notions ont leur importance par elles-mêmes, et que les lésions
du grand sympathique doivent former un chapitre de pathologie à
côté des lésions des nerfs cérébro-rachidiens ; voyons si l'existence
des signes de lésion du nerf sympathique ne pourrait pas éclairer

beaucoup la séméiotique des affections dont cette lésion est sympto-matique.

Les signes de lésion du grand sympathique peuvent servir à établir le diagnostic, souvent difficile, entre l'anévrysme de l'aorte et une affection du cœur. C'est ainsi que Gairdner et Williamson (ob. XV) se sont servis de ce signe pour poser le diagnostic d'anévrysmes de l'aorte qu'aucun autre symptôme ne permettait de distinguer d'une affection valvulaire du cœur.

La dilatation de la pupille a servi à M. le professeur Verneuil pour diagnostiquer un abcès profond du cou, bien qu'il y eût une fluctuation bien nette et bien limitée, et que l'abcès eût toutes les apparences d'un abcès superficiel (obs. XXI).

Enfin, dans les tumeurs du cou, les signes de compression du grand sympathique peuvent servir à préciser exactement la profon-deur de la lésion, et à suivre, pour ainsi dire pas à pas, l'envahis-cement morbide. On pourra parfois en tirer des renseignements bien précieux quand il s'agira de savoir si l'on doit opérer ou non une tumeur maligne du cou ; on prévoit en effet les conséquences qu'aurait pu avoir une opération entreprise dans un cas tel que celui de M. Panas (obs. II), et dans lequel ce chirurgien, éclairé par les signes si manifestes de lésion du grand sympathique, dissuada, avec tant de raison, le malade d'une opération sanglante.

On voit donc que la compression de la portion cervicale du grand sympathique, qui ne présente pas de gravité par elle-même, ne doit pas seulement être considérée comme un fait scientifique intéres-sant, mais qu'elle peut apporter les plus précieuses lumières dans la pratique.

III.

DES LÉSIONS COMPLIQUÉES DE LA PORTION CERVICALE DU GRAND
SYMPATHIQUE.

Nous considérons la ligature de la carotide comme une lésion du grand sympathique se compliquant de la lésion de l'artère et parfois de celle du pneumogastrique. Cette question, considérée ainsi, rentrant un peu dans le sujet de notre thèse, nous allons faire quelques courtes réflexions sur ce point intéressant de la science. D'après la statistique de M. Lefort (1), le chiffre de la mortalité générale, après la ligature de l'artère carotide, est de 31 p. 100, et celui de la mortalité par les troubles dépendant du système nerveux de 22 p. 100. Si nous pouvions démontrer que les accidents dépendant du système nerveux sont dus à la lésion du grand sympathique, nous aurions raison de considérer cette lésion comme l'affection principale dans la ligature de la carotide, puisqu'elle serait cause de la mort dans 22 cas sur 100, et que la mortalité par les autres causes, hémorrhagies, phlegmons, érysipèles, n'est représentée que par 9 p. 100.

Ainsi que le fait remarquer M. Richet (2), de nombreux filets nerveux, provenant du grand sympathique et de diverses autres sources, rampent sur l'artère carotide, et il n'est pas possible de ne pas les blesser en les comprenant dans la ligature; il est encore très-difficile d'éviter la dilacération des filets nerveux du plexus précarotidien, dont les rameaux émanent principalement du grand sympathique. L'artère carotide est, en outre, accompagnée par deux gros troncs nerveux qui lui sont, pour ainsi dire, accolés : le pneumogastrique et le grand sympathique; et, dans le mouvement de bascule imprimé à l'aiguille pour passer le fil, on ne peut pas répondre de ne pas contusionner le tronc même de l'un de ces deux nerfs. Bien plus, ils ont été plusieurs fois liés avec l'artère par des chirurgiens d'une habileté incontestable : le pneumogastrique, par Roux, Robert; le grand sympathique, par M. Maisonneuve.

D'un autre côté, les accidents dépendant du système nerveux, qui résultent de la ligature de la carotide, peuvent se diviser en primitifs ou immédiats, et en consécutifs ou tardifs. Les premiers

---

(1) Mém. lu à la Soc. de chir. (Bull. de la Soc. chir.), 1863, t. IV, p. 447.
(2) Nouv. dict. de méd. et de chir. pratiques, t. VI, p. 414.

sont : les vertiges, les éblouissements, la syncope, l'aphonie, la dysphagie, les troubles de la vue; ils sont très-fugitifs. Les accidents
tardifs se bornent à peu près à un phénomène singulier, l'hémiplégie, se manifestant depuis deux heures jusqu'à quatre mois après
la ligature. Cette hémiplégie a un singulier caractère : elle porte
toujours, sans exception, sur le côté opposé à la ligature; en même
temps on constate toujours un ramollissement cérébral dans le lobe
correspondant à l'artère liée.

On a beaucoup discuté sur la cause de cet accident, qui ne res-
semble en rien à ceux qu'on observe à la suite de la ligature des
autres artères. M. Lefort admet qu'il se détache un fragment du
caillot qui se forme au voisinage du fil, et qu'il se produit une em-
bolie cérébrale; cette explication rend parfaitement compte de la
lésion du cerveau; mais cela n'est pas démontré et ne pourrait s'appliquer qu'à quelques cas particuliers.

On a fait intervenir l'anémie cérébrale, et c'est à cette opinion
que se rattachent encore maintenant la plupart des auteurs. Pour
la soutenir, on a admis que, dans les cas où l'on observe l'hémiplégie subite, les communicantes sont fort petites et empêchent la ré-
gularisation de la circulation. Mais comment expliquer les accidents
tardifs, qui sont les plus nombreux? Lorsqu'il y a quatre artères
énormes qui apportent le sang à l'encéphale, comment peut-on admettre l'anémie cérébrale quand l'une d'elles est supprimée, si l'on
réfléchit que l'hexagone artériel de Willis est là pour répartir également le sang dans le cerveau, et que, par l'intermédiaire de ces
larges communications, l'équilibre tend de suite à se rétablir?

D'ailleurs, comme le fait observer M. Richet, pourquoi l'anémie
serait-elle seulement locale, et toujours bornée au lobe correspondant du cerveau? M. Goujon, élève de M. Richet (1), fait la ligature
des deux carotides sur un chien; l'animal meurt dix jours après
la dernière ligature, et on trouve les lésions de la méningo-encé-

---

(1) Thèse de Paris, 1866.

phalite. Il lacère alors sur un lapin les deux filets cervicaux du grand sympathique, sans toucher aux carotides; l'animal meurt au bout de cinq jours, et on retrouve exactement les mêmes phénomènes dans les deux lobes correspondants du cerveau.

M. Richet, s'appuyant sur ces expériences et sur celles de M. Cl. Bernard, admet que les phénomènes tardifs observés après la ligature de la carotide sont causés par la paralysie des vaso-moteurs dans le lobe cérébral correspondant à l'artère liée, d'où résultent la congestion des vaisseaux et l'embarras de la circulation, bientôt suivis d'épanchements séro-purulents. M. Richet nous paraît avoir fait une part un peu trop large à la lésion des nerfs vaso-moteurs, dans l'appréciation de ces accidents; nous pensons, avec M. le professeur Verneuil, qu'on doit tenir compte à la fois, et de la lésion de l'artère, d'où résulte une perturbation de la circulation intra-crânienne, et de la lésion du filet nerveux sympathique, produisant la paralysie des vaisseaux cérébraux ; c'est pourquoi nous avons pris pour titre de ce chapitre, « des lésions compliquées du filet cervical du grand sympathique. »

CONCLUSIONS.

Il résulte de tout ce qui précède :

1° Que le resserrement de la pupille est le signe le plus constant et le plus stable de la lésion du grand sympathique au cou, ou à la partie supérieure du thorax.

2° Que les autres symptômes (phénomènes congestifs et calorifiques), plus fugitifs, ont été observés dans le tiers des cas, 6 fois sur 18.

3° Que la dilatation de la pupille est le seul effet observé jusqu'à présent, mais non contestable, d'une compression légère exercée sur le nerf grand sympathique au cou.

QUESTIONS

UR

LES DIVERSES BRANCHES DES SCIENCES MÉDICALES

Anatomie et histologie normales. — Des os des membres supérieurs.

Physiologie. — Des mouvements réflexes.

Physique. — Baromètre; effets de la pression atmosphérique sur l'homme; ventouses.

Chimie. — Des acides; de leur constitution; définition des acides mono, bi et polybasiques.

Histoire naturelle. —Qu'est-ce qu'un pachyderme? Comment les divise-t-on? Quels produits fournissent-ils à l'art de guérir?

Pathologie externe. — Des psendarthroses consécutives aux fractures.

Pathologie interne. — De la fièvre synoque.

Pathologie générale. — De la prédisposition morbide.

Anatomie pathologique. — Des altérations de l'urine.

Médecine opératoire. — De l'opération de la pupille artificielle ; comparaison des procédés par déplacement, incision, enclavement.

Pharmacologie. — De la distillation ; des eaux distillées ou hydrolats ; comment les obtient-on ? Quelles sont les altérations qu'elles peuvent subir et les moyens employés pour les prévenir ?

Thérapeutique. — De l'absorption des médicaments.

Hygiène. — De l'exercice musculaire.

Médecine légale. — De la valeur des expériences physiologiques pour constater la présence du poison.

Accouchements. — Du palper abdominal ; sa valeur comme moyen de diagnostic de la grossesse, des présentations et des positions.

Vu, bon à imprimer,

VERNEUIL, Président.

Permis d'imprimer,

Le Vice-Recteur de l'Académie de Paris,

A. MOURIER.